Ulysses Press
P.O. Box 3440
Berkeley, CA 94703
www.ulyssespress.com

ISBN 978-1-56975-688-1
Library of Congress Control Number 2008907002

Printed in the United States by Bang Printing

10 9 8 7 6 5 4 3

Distributed by Publishers Group West

CPSIA facility code: BP 304093

Les œufs verts au jambon

Dr. Seuss

Traduit de l'américain par
Anne-Laure Fournier le Ray

Ulysses Press

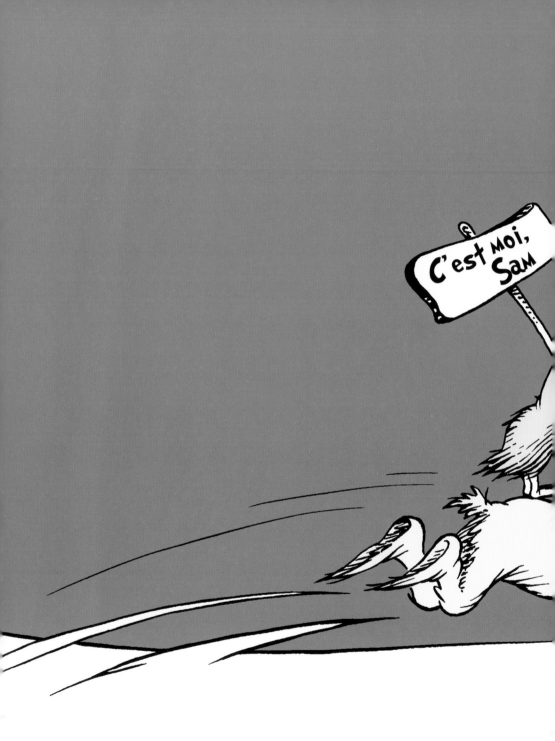

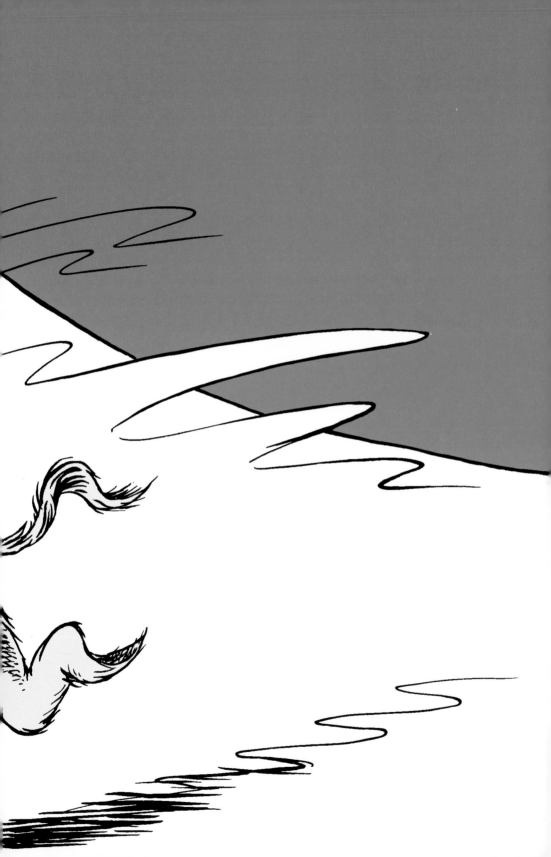

Ce Sam-c'est moi !

Ce Sam-c'est moi !

Je n'aime pas

ce Sam-c'est moi !

Aimes-tu

les œufs verts au jambon ?

Je ne les aime pas,
Sam-c'est moi.
Je n'aime pas les œufs
verts au jambon.

13

Voudrais-tu les manger

ici ou bien là ?

Je n'en veux pas,

ni ici, ni là.

Je n'en veux pas,

à aucun endroit.

Je ne les aime pas,

Sam-c'est moi.

Je n'aime pas les œufs verts

au jambon.

Quand je dis non, c'est non.

Veux-tu les manger

dans une maison ?

Veux-tu les manger

avec un raton ?

Je n'en veux pas

dans une maison.

Je n'en veux pas

avec un raton.

Je n'en veux pas,

ni ici, ni là.

Je n'en veux pas,

à aucun endroit.

Car je ne les aime pas,

Sam-c'est moi.

Je n'aime pas les œufs verts au jambon.

Et quand je dis non, c'est non.

Veux-tu les manger
avec un renard ?
Veux-tu les manger
dans un placard ?

Pas dans un placard,

Pas avec un renard,

Pas dans une maison,

Pas avec un raton.

Je n'en mangerai ni ici ni là.

Je n'en mangerai à aucun endroit.

Je ne veux pas d'œufs verts au jambon.

Et quand je dis non, c'est non.

Et dans une auto ?

Là, sur un plateau !

C'est mieux ?

Tu peux ?

Est-ce que tu veux ?

Non, ce n'est pas mieux.

Je ne peux pas,

je ne veux pas.

Tu vas les aimer.

Allez !

Tu vas les aimer

sur un palmier !

Je ne peux pas, ne veux pas, ni sur un palmier,

Ni dans une auto. Mais vas-tu me laisser ?

Je ne les aime pas avec un renard.

Je ne les aime pas dans un placard.

Je ne les aime pas dans une maison.

Je ne les aime pas avec un raton.

Je ne les aime ni ici, ni là.

Je ne les aime à aucun endroit.

Je n'aime pas les œufs verts au jambon.

Et quand je dis non, c'est non.

Un train ! Un train !

Un train ! Un train !

Dans un train, tu veux bien ?

Pas sur un train ! Pas sur un palmier !

Pas en auto ! Mais vas-tu me lâcher ?

Je ne peux et ne veux pas dans un placard.

Je ne peux et ne veux pas avec un renard.

Je n'en mangerai pas avec un raton.

Je n'en mangerai pas dans une maison.

Je n'en mangerai ni ici, ni là.

Je n'en mangerai à aucun endroit.

Je ne mange pas d'œufs verts au jambon,

Et quand je dis non, c'est non.

Oui, d'accord, mais s'il fait nuit ?

Peux-tu, veux-tu, dans la nuit ?

Je ne peux pas, ne veux pas
ici, dans la nuit.

Peux-tu, veux-tu,

sous la pluie ?

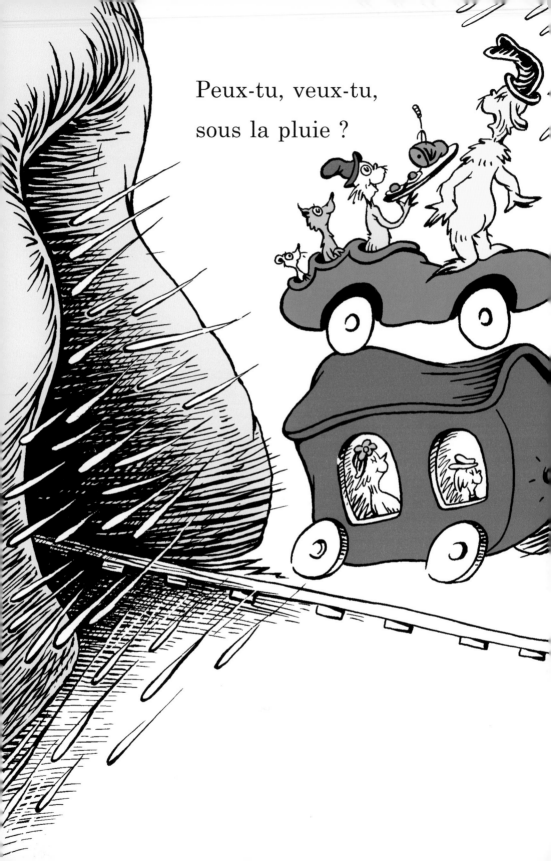

Je ne peux pas, ne veux pas sous la pluie.

Pas dans un train. Pas dans la nuit.

Pas en auto. Pas sur un plateau.

Je ne les aime pas, Sam-c'est moi.

Pas dans un placard. Pas dans une maison.

Pas avec un renard. Pas avec un raton.

Je n'en mangerai ni ici, ni là.

Je n'en mangerai à aucun endroit !

Tu n'aimes pas
les œufs verts au jambon ?

Je ne les aime pas,

Sam-c'est moi.

Peux-tu, veux-tu

avec un chevreau ?

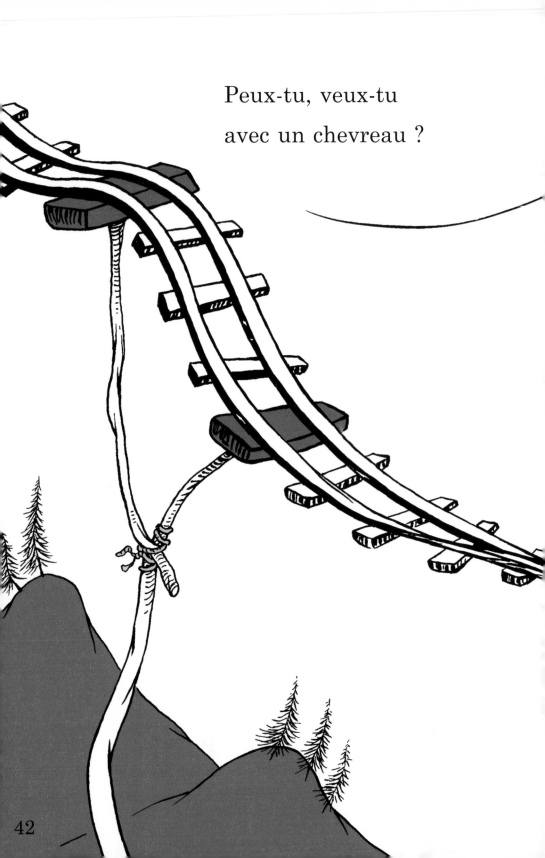

Je ne peux pas,
je ne veux pas
avec un chevreau.

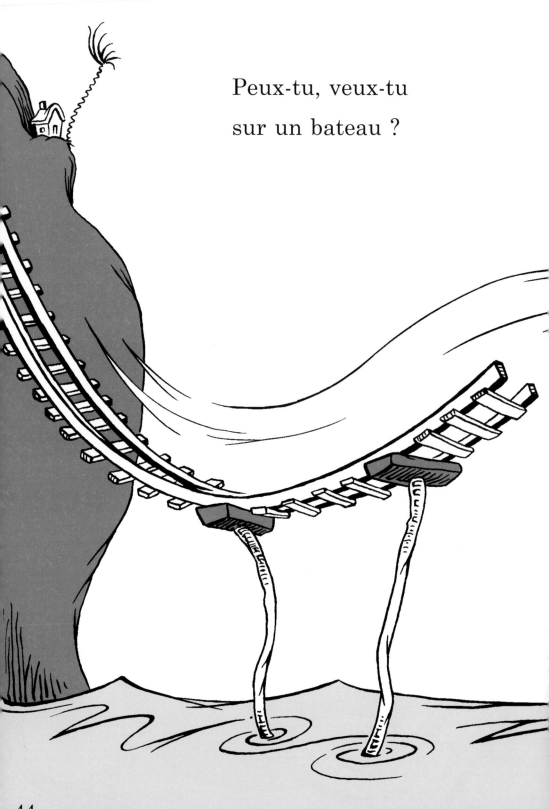

Peux-tu, veux-tu
sur un bateau ?

45

Je ne peux pas, je ne veux pas sur un bateau.

Je ne veux pas, tu vois, avec un chevreau.

Je n'en mangerai pas sous la pluie.

Je n'en mangerai pas dans la nuit.

Pas dans un train. Pas sur un palmier.

Pas en auto. Mais vas-tu me lâcher ?

Je ne les aime pas dans un placard.

Je ne les aime pas avec un renard.

Je n'en mangerai pas dans une maison.

Je n'en mangerai pas avec un raton.

Je ne les aime ni ici, ni là.

Je ne les aime à AUCUN ENDROIT !

47

Je n'aime pas
les œufs verts
au jambon !

Je ne les aime pas,
Sam-c'est moi.

Tu ne les aimes pas ?

C'est ce que tu crois.

Mais tu n'as pas goûté !

Essaie au moins une fois,

tu vas peut-être les aimer ?

Sam !

Si tu promets de me laisser,

Je veux bien les essayer.

Et tu verras ce que tu verras,

Sam-c'est moi !

Eh !

Mais finalement, c'est bon !

J'aime les œufs verts au jambon !

J'en mangerais bien dans un bateau.

J'en mangerais bien avec un chevreau...

J'en mangerai aussi sous la pluie.

Et dans un train. Et dans la nuit.

Et en auto. Et dans un palmier.

Ils sont si bon, si bons, tu sais !

Alors j'en mangerai dans un placard.

Et j'en mangerai avec un renard.

Et j'en mangerai dans une maison.

Et j'en mangerai avec un raton.

J'en mangerai ici et là.

Oui, j'en mangerai à tous les endroits !

J'aime tellement
les œufs verts au jambon !
Merci !
Merci !
Et quand je dis oui, c'est oui !